# SUPER:DAD 슈퍼대디 열 DY!

# 1권

글 **이상훈**
그림 **진효미**

네오카툰

# 1화
## 그녀가 돌아왔다

오냐!
나 데려가기만
해 봐!

폭스바겐
골프!
갓길로 정지!

갓길로 정지!!

운전 예쁘게 하면
오래 살게 해 줄래요?

에?

운전 곱게 하면
아저씨가 나 살려
줄 수 있냐고!
벽에 똥칠할 때까지!
만수무강 자손만대
살 수 있냔 말야!

불치병이라는데!
일 년 남았다는데!
아저씨가 나
살려 줄 거야?!

어….
그건….

어버버

자동차 할부도
이제 겨우 두 번
부었는데,
죽으라니…

아무리
인생은 한 방이고
반전의 연속이라지만
이건 아니잖아!

이딴
엿 같은
반전이라면
절대, 네버,
완전 싫다고!

이 자식이 또?

알았어요!
금방 갈게요!

김구 선생님 말이다.

그분은 스무 살에 명성황후를 시해한 일본 깡패놈을 맨손으로 쳐죽이고 감방에 갇히셨지…

그런데 너희는?

피 끓는 청춘, 노도의 시기에!

겨우 본드 먹고 쌈박질을 하다가 감방에 와?

감방은 아니고….
훈방……
정도….

감방이나
훈방이나
오십보백보다!

19

네놈이
이러고 사나
오늘 이 에미 손에
뒈지나
오십보백보닷!

삐용 삐용

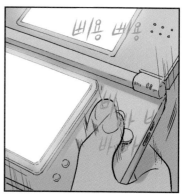

삐용 삐용 · · ·

뽀롱! 뽀로롱!!

까미!

응?

너 세상에서
가장 갖고
싶은 게 뭐랬지?

민수!

친구
민수?

응!
난 민수가
좋은데 민수가
자꾸 튕겨.
아라만
좋아해.

걱정 마.
까미가 크면
민수 같은 사내들
백만 명도 가질 수
있으니까.

그래두!
지금은
하나두
없단 말야!

그래.
그랬지.

난
엄마만
곁에 있음 돼.

그래서
아빠
없어두 돼.

언제… 어디서든…
우리 까미 곁에 있을게.

커피 남은 거 한 잔 줘 봐. 목이 칼칼하다.

없어. 다방 와서 돈 내고 마셔.

커피에 처바를 돈 있음 술 마신다!

그러시던가~.

오늘도 낮술 먹고 진상 피웠담서?

글고 파출소 갔음 조용히 있다 나올 거지 뭣한다고 고삐리 붙잡고 일장 연설이야?

그러니 어머니한테 죽통 터지지!

내가 오빠 엄마라도 싸닥션 날렸겠다. 왕복으로!

어휴

그럼 어린 것들이 본드 불고 다니는데 그냥 보고 있으라고?

흥

인간 김열!
죽으면 죽었지
그런 꼴 그냥
못 지나친다.

이 안에
있는 게
그런 꼴을
용서하지 못해.

거기
뭐 있는데?
젖꼭지밖에
더 있어?

의리!

그리고 순정!

순정 조오~치!
그러니까 그 순정
나한테 바쳐 봐.
내가 잘해 줄게~.

그럴 수는 없지.
내 순정은
이미 주인이
있거든.

첫사랑이라는
그 기집애?
오빠 차고 튀었다는
피대긴지
뭔지 하는 그거?

피여라!
내 순정에
불도장을 찍고 간 여인.
죽을 때까지 사나이
순정은 일생에 단
한 번이면 족하거든.

에혀~ 정신 차리셔!
떠난 지지배
그리워하는 건
죽은 자식 불알
만지기야.

옆에 있는 나한테
잘하면 공짜 커피라도
떨어지지~.

저게 미쳤나?
고속도로 놔두고
골목길에서
이 지랄이야!

또각

또각

또각

또각

피……
…여라?

2화

# 너 떠난 뒤 단 하루도

미친놈 염병하네.
속도 없는 자슥!

싫다고 떠난 계집한테
고기까지 처먹여
가면서 뭔 지랄이여!

자!
이쁜 아가씨~.

아아~.

아아~

끄덕

오마나...

이쁘네.
너 닮았다야.

그래 보여? 다들 그러더라.
날 쏙 뺐다고. 제 아빠
안 닮아서 다행이야.

오물
오물
오물

엄마!
여기 고기 더!
오늘 들어온 안창살
좀 잘라 봐!
먼 데서 온 손님인데
좋은 거 먹여 보내야지.

웅절

째깃

좋은 거는
개뿔!

팍

쿵당

나는 새도 떨어뜨리는 판사님이신데 오죽 좋은 것만 골라 처먹었을라구!

덜그럭 덜그럭

캥캥캥캥

아냐, 많이 먹었어. 배불러.

어머니, 그만 주세요.

······

어허~ 많이 먹고 가. 여기 널린 게 고기야.

스윽...

엄마! 그거 그냥 갖고 와!

파직 파직

이놈아! 귓구녕에 전봇대 박아 놨냐?

다들 배 부르다잖아!

쾅!

히

41

싸가지
없는 년!

울 아들
버리고 갈 때는
언제고!

쿵
팍
팍

지 년 때문에
열이가
놈팽이가
됐는데!

지만 판사 되고
검사 되면
다냐!

팍

팍

팍

팍

에잇!
싸가지 없는 년!

포 포 포 포

풍

음찟

너 얘기 아니다!
나 그동안
여자 많았어!

누가 뭐래?

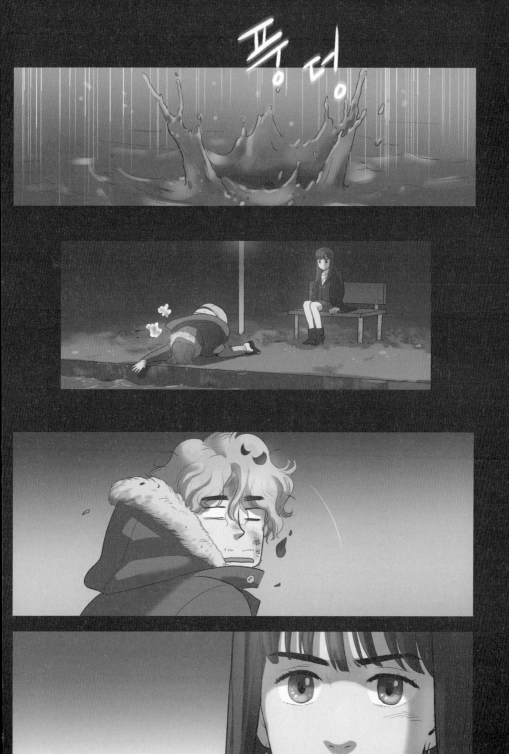

조건이
까다로운데?

변호사님이니
어련하겠어?

풉_

하하하
하하하

...

나 쉬운 남자는 별로란 말야.
나 쉬운 놈 아니거든.
탁
탁
탁
딸랑 몇 초 만에 넘어왔잖아~.
너무 쉬워, 너무 쉬워.
찰칵
탕
나, 몇 초 생각하고 대답한 거 아니다.

7년

생각한 거다.

너 떠나고 오늘까지……

단 하루도
널 생각하지
않은 날이 없었어.

사실 말은 안했지만 내가 어제 널 딱 보고 알았다니까!

여라 네가 들어서는데 뒤에서 광채가 휘영청 비치는 거야~.

앗! 이게 운명이구나! 얘가 내 집 사람이구나! 하고 딱 알았다니까~.

고마워요 어머니.

근데 너, 열이가 저러고 있다고 함부로 보면 안 된다.

사실 이 가게 열이 명의거든.

가게가 작긴 해도 소문이 좋아서 열심히 하면 한 달에 삼백도 벌고 사백도 벌고 그래.

뻥 좀 치지 마! 엄마.

뻥은 무슨!

사백은 안 나와도 이백은 넘게 나와.

뭐야? 엄마가 어제랑 너무 딴판이니까 헷갈려 하잖아.

차돌박이는 손 떼!

야들야들한 건 애기 거란 말야.

쿡..

아휴~ 예뻐라~ 우리 까미, 많이 먹어~ 응~?

......

조용―

58

애고애고, 우리 예쁜 손녀~
이 할미가 먹여 줄까?

팍

타
닷

지글 지글

지글

애고고. 쟤가 왜 저리 화가 났을꼬?
너희들은 그냥 밥 먹어.
내가 나가 볼게~.

…어때? 애가 저런 데도
자신 있어?

걱정 마라.
내가 누구냐?
김열이야,
김열!

이 세상에 나한테
안 넘어 올 여자가
어디 있겠냐?

명심해.
까미한테
아빠로 인정받지
못하면…

내 남편도
될 수 없단걸!

베뽀　베뽀

베뽀

김열! 잘 들어.
이게 우리
결혼 조건이야.

말해 봐. 뭐든 다
들어줄 테니까.

첫째,
내가 시키는 일은
무조건 따른다.

신부　　　신랑

피여라　　김 열

오케이～.

둘째, 저속한 말투와
폭력적인 행동은
절대 삼간다.

물론이지.

셋째,
직장을 구하고
성실히 근무한다.

그거야 기본!

넷째, 술은 내 허락 없이
마시지 않고 담배는
바로 끊는다.

담배야,
그동안 즐거웠다.
굿바이 사요나라~.

다섯째, 운동을 게을리하지 않고
일 년에 두 번 정기검진
받아서 건강을 지킨다.

으하하~
내가 몸 하나는
쓸 만하잖아?

여섯째, 첫째도 까미,
둘째도 까미, 셋째도 까미,
까미를 위해 모든 것을
바친다.

그런 걱정은 하지도 마.
훌륭한 아빠가 될 거니까.

일곱째, 까미 동생은
갖지 않는다.

까미 미모를 봐!
열 아들
안 부러운데 뭐~.

여덟째, 먼저 간 까미 친부에 대한 얘기는 절대 하지 않는다.

내가 바보냐? 그런 소리 안 해.

아홉째, 미안하지만 나, 어머니 모시지 못해.

후우~ 엄마도 경주땅 못 떠나신다니까 하는 수 없지….

마지막…….

나, 너랑 잠자리 같이 안 할 거야.

왜? 싫어? 이 결혼 무를까?

그게 뭐야? 우리 부부잖아! 근데 왜?!

얼마 동안만이야. 내 마음의 준비가 될 때까지.

휴우~ 알았어⋯.
근데⋯ 뽀뽀도 안 돼?

⋯⋯.

에휴.
뭐가 급하다고
이리 서두르는지.

일주일 만에
결혼까지 하고
가 버리네.

......

열이는 가도
내가 있잖수.
민중의 지팡이가
열이댁의 지팡이가
되어 주겠수.

김열! 이 나쁜 시키야!
내가 꽁짜 커피랑 쌍화차를
얼마나 많이 줬는데!

날 버리고
가냐?

잘 먹고 잘 살아라!
이 나쁜 놈아!

우에엥~

명성웨딩홀

나, 김열!
항상 믿어 왔다.

인생은 한 방이고
반전에 그 묘미가
있다고.

하지만 지금부터
내가 바라는 건
딱 하나다.

3화

# 슈퍼맨 말고 슈퍼대디

꿈꾸지 않는 자는
유죄!

…라고 누가
떠들었다지만.

드르렁
드르렁

드르렁
드르렁

드르렁

으음….

나는 꿈을 꾸지
않아도 된다.

씨익

꿈에서 깨어나면
꿈보다 더 행복한 현실이
기다리고 있으니까.

호암~

으ㄱㄱㄴ

숱ㅅ

여라야!

까미야!
일어….

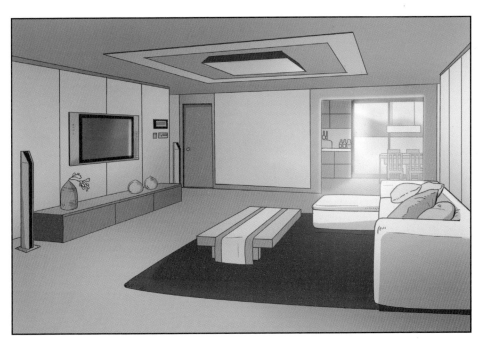

죽어!
죽어랏!
크하핫!

우다다다
다다

열라 빨라서
렉 걸려 죽을 걱정 없는
초고속 광랜이라든가.

크으
죽인다

느긋한 오후 시간을
채워 주는 신간 만화
같은 거.

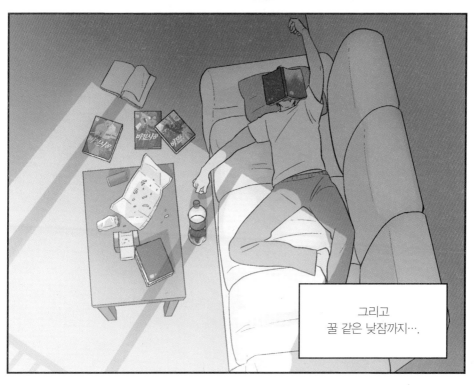

그리고
꿀 같은 낮잠까지….

이런 게

바로 행복!!

…인 것 같은데
왜….

뭔가
허전하지?

모락

번쩍

새끼 변호사
치고는
제법이던데?

번쩍

번쩍

완전 튼튼하니까 걱정 마요.

흥

픕ㅡ

내일 대신산업 들어간댔지?

대 소 송

변호사 유택권

이거 요약 자료.

어머. 자료가 엉망이라 머리 아팠는데 이건 어떻게 구했어요?

휴가 다녀오느라고 준비 못했을 거 같더라고.

하 하 하

고마우면
오늘 저녁에
술 한잔 사지?

그리고 싶지만
일찍 들어가야
해요.

까미 때문에?
일해 주는
아줌마 있잖아.

아뇨.
남편
때문에.

나, 나…
남편?

푸웁

남편 사별하고 까미랑 그렇게 산다며!

……

꾹

그랬었죠! 휴가 전까지는!

으ㄱㄱㄱ

휴가? 그럼 휴가 중에 도둑 결혼이라도 했단 거야 뭐야!

흥분하지 마세요. 프라푸치노에 침 튀어요~.

하

결혼
했다고…?

지, 지…

진짜?

덜컹

달칵

대신 건도
승소하면 한잔
쏠게요!

씨익~

어린이집 재밌었어?

밥은 먹었냐?

아저씨가 뭐 좀 줄까?

척

남국의 맛! 망고 추파쫍스! 맛있겠지?

사탕 먹으면 이 썩는다고요!

히잉

나
꼬꼬댁면
잘
끓이는데.

흠칫

꼬꼬댁면
끓여 줄까?

달걀은
흰자만
넣어서!

우물
쭈물

라면
안 먹기로
엄마랑
약속했는데….

변호사
피여라

사각
사각
사각

파랑

타닥 타닥 타다다
타다다
타다

꾸ㄹㄹㄹ 꽈ㄹㄹㄹ
꼬ㄹ록 꼬ㄹㄹㄹㄹ륵

아…
그리고 보니
커피 한 잔 먹고
아무것도
못 먹었네…

윽…

끽

하

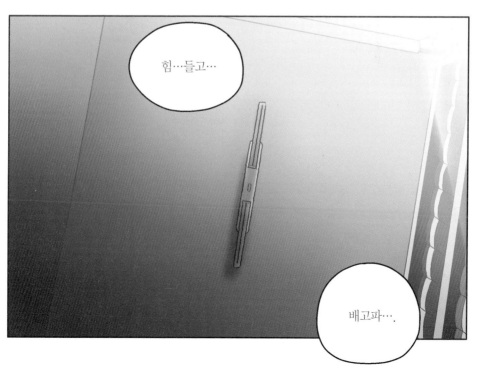

힘…들고…

배고파….

호르르특

냠냠

모락 모락

아저씬 까미가 참 좋은데….

흠짓

……

라면 괴수다! 으헤헤!

유치해!

유치해?

안 유치한 걸로 웃겨 주까? 아저씨도 진짜 웃기다고 경주 바닥에선 유명했거등!

까미가 원한다면 완전 웃긴 걸로다가~.

그럼 부탁 하나 해도 돼?

당근에 빠따지! 뭐든 다 들어줄게!

근데…

아저씨가
울 아빠
자릴 뺏고
있잖아….

난 오늘 하루
우리 가족을 위해
수십만 원의 가치에
해당하는 노동을 했고,
까미는 미래를 위해
그보다 더 노력을
했어.

그런데 자긴?

헉!

그… 그냥…
난…
할머니 한 분
도와드리면서…

노인정 가서
즐겁게 해
드린 거 하고….

빡빡

빡빡

·····

알겠어?

자긴 준비가
하나도
안 됐어!

근데
준비가
됐다고
착각하지!

아니, 자긴
아직 뭘 준비해야
하는지조차도 몰라!

어때?
들 수 있겠어?

씨익

그래…
그거였어….

오늘 하루…
넘치는 행복 속에서도
뭔가 부족하다
싶었어.

부족한 건
아무런 준비조차
생각하지 않았던
나였던 거야!

고마워!

가르쳐 줘서!

텁

후

될게!

머, 멋있다!

와~

잉꼬

짝 짝 짝

부러워요~!

후욱 후욱 후욱

후욱 후욱 후욱

풋

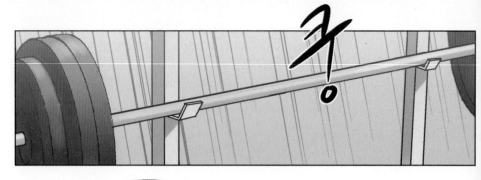

나, 우리 가족을
위해서라면
슈퍼맨이라도
될 거야!

슈퍼맨 말고
나한테 슈퍼허니.

핫!

글고
까미한테~

4화
# 우리가 함께 마신
# 이 커피처럼

교육실

우와?
회사 안에
웬 커피숍?

여기서 잠시
기다리세요.

으와

회사 짱
입니다!

맘에 쏙
드네요!

하핫

갸웃

두리번

탈칵

수

뚜벅

뚜벅

뚜벅

뚜벅

뚜벅

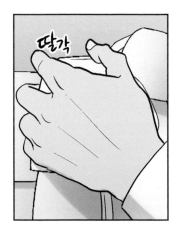

딸각

멀뚱——

커피 한잔?

콜! 세상에서 제일 맛난 커피가 공짜 커피거든요.

하하하

바아

아메리카노?

어… 전 둘둘 커피요!

둘둘?

에이~! 커피의 황금비율인 둘둘도 모르십니까? 설탕 둘! 프림 둘!

아하~! 그 둘둘.

딱 봐!

촌티가 줄줄
흐르는 데다

연식도
너무 삭았거든.

이 회사
분위기하고는
핀트가 많이 어긋났지.

부글 부글
부글 부글

그러는 댁은
어떻고?

연식은 나보다
이십 년쯤 더 고물이고
촌티 나기로는
첩첩산중 개백정
같구먼, 뭐.

푸하하하

연식은 인정!
그래도 촌티는
아니지.

하하하

거, 사람은
껍데기 보고
판단하지 맙시다!

첸

진짜배기는
이 안에
있는 거니까!

그 안에
대단한 거라도
들었소?

교육실

바로 그래서!!

오늘 면접 보러
온 겁니다.

······

알았수!

진짜진짜
급하니까
빨리 끝내슈.

털썩

씨익

생두는
뜨거운 불길 속에서
특별한 맛과
깊은 향을 얻는 법이네.

로스팅에 따라 그 향과 맛이 천차만별로
달라진다는 말이지.

스스로를 불길 속에 던지지 않으면…

하아
하아
하

그 향과 맛이
자네 가슴 속 두 여인에게 위안과 행복을
줄 수 있을 것이네.

후

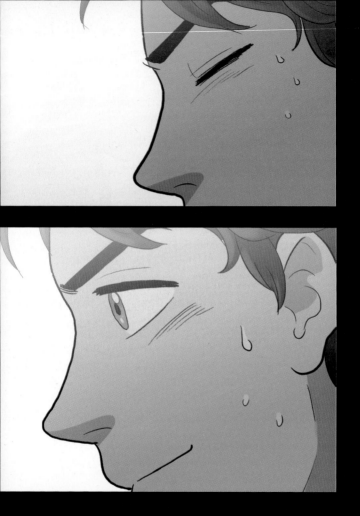

마치
지금 우리가 함께 마신
이 향기로운 커피처럼….

5화

# 슈퍼 시리즈 결정판,
# 슈퍼바이저!

그리고 오늘 밤.
다시 그 미소를 보았다….

헉헉
헉

헉

헉헉헉

지잉ㅡ

신입 사원인가
봐요?

좀 이상한 친구
같습니다.

캡짱이
사장님인지 모르고
있는 거죠?

모르지.

아는 게 없는
친구야.

후후

안녕하십니까!
신상 슈퍼바이저!

깜짝

세상도, 사회도
아직 백지라는 게
저놈의 매력이네.

김열!
인사드립니다!

꾸벅

마치 이제 갓
껍질을 까 낸
생두처럼.

165

그, 그러니까
이건…

따지고 보자면…

꼭 내 잘못만은
아닌 게요~.

꿀꺽

누가 자네더러
잘못했다고 했어?

그, 그렇죠?

하하하

에이! 그래도 사장님한테 선배 어쩌고 한 건 잘한 건 아니네요.

인정할 건 인정합니다!

잘못했습니다, 사장님!

잘못했다고 하니 묻겠네.

그 잘못을 어떻게 갚겠나?

충성!

회사를 위해 이 한 몸 바치겠습니다!

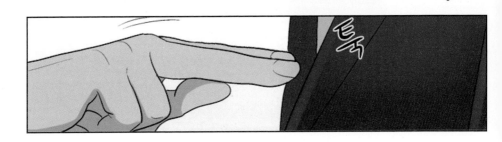

이 안에 있는 두 여인보다 더?

아,

그리고
한 가지 더!

공석에서는
사장이지만
사석에선 인생 선배가
되어 주지.

그것도 콜!

…입니다요!

도둑 결혼.

도둑 결혼
아니거든요.

남들 몰래,
알지도 못하던
녀석과 느닷없이
식 올린 거.

그게
도둑 결혼이란
거야.

잘 아는
사람이거든요.

나,
희정이 대리인
자격이거든!

까미 맘 아프게
하면서까지 이러는 건
엄마의 도리가
아니지.

6화

# 세상에 어떤 꽃인들

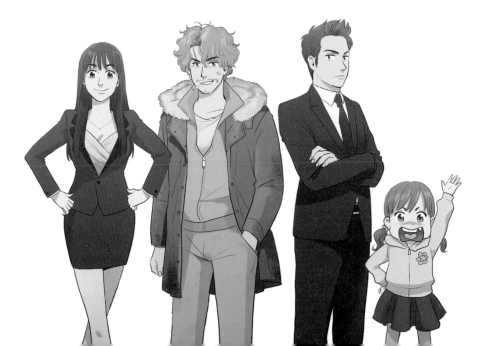

원샷!
쭈우우욱~!

다 먹어 줄 테다!

헥
헥

그렇지만 무한 뺑뺑이로 다그치는 추미정 대리의 저 사악한 미소는 정말!

호홋

호호호!

다시 처음부터 한 번 더!

처, 처음부터?

다음 월요일에 공판 두 건 있고,

수요일엔 고객 면담 세 건,

목요일에 또 공판이….

걱정스럽네
정말….

후

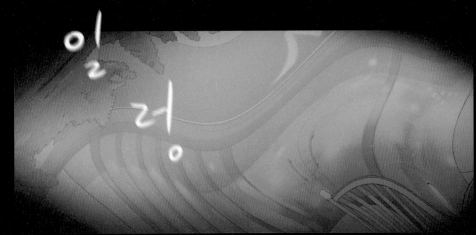

일

렁

......

세상에 어떤 꽃인들
지는 날을 생각하며
피어나진 않았을 거야….

눈 시린 햇살을 받고
해맑은 빗물을 마시며
한 송이 꽃으로 피어났다면

한 송이 꽃으로
피어났다면

봄 너머, 여름 지나,
가을의 끝까지
향기로운 바람 속에
피어 있고 싶겠지.

붕

근데 어째서

나는 이렇게
일찍 지라는 거야….

덜컹

이제 막
피어났는데…

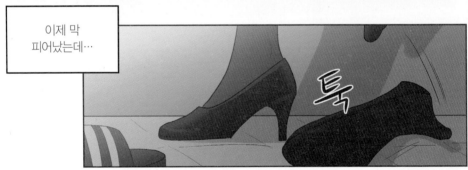

그래서
내 이름도…….

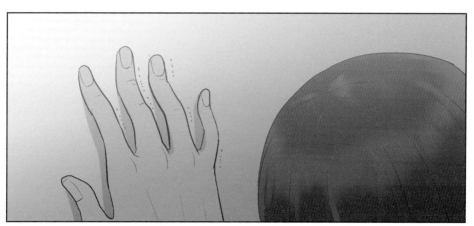

엥?

딴 아저씨가 올 거니까.

# 7화
# 항상 내 안에 있었던 거야

오지
말라구!

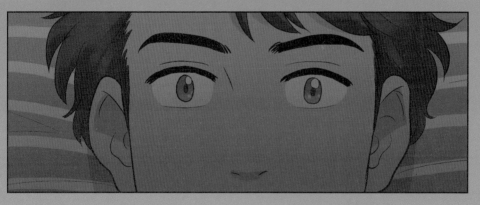

다른 아저씨가
올 거니까!

잠이 안 와서.

캐모마일인데
마실래?

까미 말야…

정말로
내가
싫은가 봐.

하긴
그럴 만도 하지.

돌아가신
아빠 자리를
내가 갑툭튀
했으니까.

하

시우룩

열아,
너…

7년 동안
내 생각만 했다
그랬지?

......

갑자기 툭
튀어나온 거 아냐.

항상 내 안에
있었던 거야.

그러니까
힘내.

크크크.
그렇지?

하하하

역시 이놈의
매력이란!

걱정 말고
지켜봐!
나의 매력으로
까미까지
휘어잡을 테니까!

친아빠보다
더 멋진
슈퍼울트라
아빠가…!

휙

이 바보야…
까미는…

바로…

민중의 지팡이가
관내 순찰이나 하지
아침 댓바람에
뭣하러 또 왔누?

흥

대구 큰 딸이
노루진액
보내왔지 뭐야.
같이 한 팩 할터?

피식

삑

상계점
점장님은

소년소녀 가장이나
장애인만 알바로
쓰는 분이세요.
멋진 분이죠.

짜식!
법을 수행하는 놈이
나쁜 것만 배웠네?

나
그런 부탁
못 들어준다.

걱정돼서 그래.
느닷없이 결혼에,
갑자기 돈 되는 일은
다 수임하고,

몸이 으스러질 듯
일만 파는 게
아무래도….

휴一

남의 마누라한테
그렇게 신경 쓰는 거 아니다.
도의에 어긋나는 거야.

223

됐다 인마!
나도 그 정도는 알아!
근데 그런 거
아니거든.

여라는 나한테
여자이기 전에
동생 같은 존재야.
걔가 얼마나 힘들게
자라 왔는지 알잖아.

난 정말…
여라가 행복하길
걱정하는 것뿐이라고.

……

아직 안
나오셨는데요.

째릿

밖에 배너 저거
누가 또
저기 놨어?

니가 그랬어?
아니면
니가 한 거야?

응?

제가.

거기.

두었습니다.

더듬 더듬

뭐, 뭐요?

하하하. 사장님!
지금 불 받으신 거 같은데
벌금까지 내면
폭발하지 않겠습니까?

점장이란 놈이
돌았지!

저런 밥맛 떨어지는
병신들을 데려다 쓰니까
옆에서 장사하는 우리까지
손님 떨어지는 거
아니냐고!

!

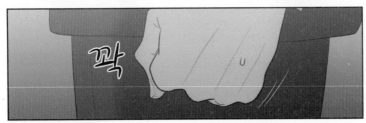

꽉

뭐야?
왜 꼬라봐?

혹시 너도
여기 직원이야?

# 8화
# 캡짱의 내기

말해 두지만

만약 무고한 사람한테
억지 죄를 씌운 거라면
톡톡히 대가를
치르게 될 겁니다.

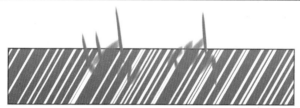

어?
목이 씻은 듯이
나았네.

떡

거 뭐, 꼭 고소하겠다는 건 아니고~

하하하

젊은이가 행패 부리니까 사과나 받자는 거였지.

거참~

쯧쯔,,

......

허허 허

피식

242

이런 일에 쏟을
에너지 있으면
여라한테 더 신경
쓰란 말입니다!

버럭

멍—

훽

뭐야,
저 친구…?

첫

각 점포의 애로 사항을
전달받고 본사에서
지원하고 해결해 주는
직책이 아닌가!

그런데 사태를
처리하긴커녕
오히려 일을
만들다니!

그런 식으로
일하려면
당장 그만두게!

하지만 그 사람이
우리 매장
알바한테…

그래서?
다시 그런 일이
있으면 또 멱살을
잡겠다는 건가!

……

아닙니다. 죄송합니다.

처음이라 용서하는 거네!

다시 이런 일이 발생하면 퇴사시킬 거네!

예….

휙

따라와!

예?
아깐 다시
그러지
말라고…?

거긴
회사였으니
오너로서
야단친 거지.

사석에서는
인생 선배가
되어 주겠다고
했었지 않나?

약자를
보호하는 건
사회인으로서
당연히 해야
할 일이네.

다만
나이 많은 사람의
멱살을 잡은 것은
옳은 방법은
아니지만 말일세.

척

꼴
꼴

짜
욱

감동~

캐….

캡짱!

하지만 공과 사는 구분하게!

공적으로 다시 그런 일 발생하면…

꿀꺽

내기 건 십만 원은 내 몫이 될 테니까!

흥

어…

엄마?

엄마?!

정말 엄마야?

나 데리러
온 거야?

9화

# 끝까지

# 까미 곁에 있어 줄 거지?

괜찮아,
괜찮아, 나야.

하아
하아

하아

아...
꾸, 꿈이었나 봐.

미안!

꽉

자기…

오늘 밤
같이
있어 줄래?

아니, 언제까지고
내 곁에 있어 줘….

제가 고향서부터 경찰들하고는 좀 친했습죠. 우하하!

도둑이 들었다고요? 피해가 큽니까?

좀 웃긴 도둑일세.

훔쳐 간 게 원두 몇 봉하고 파우더, 또 뭐더라? 시럽?

현금이나 비싼 기계는 손도 안 대고 말이지.

초짠가? 어쨌든 피해가 크지 않아서 다행입니다.

혹시 옆집 그 아저씨 아닙니까? 우릴 못 잡아먹어서 안달이더만요.

소곤소곤

뭐 그럴 수도 있겠지만 잠금장치 비밀번호를 바꿨는데도 들어온 걸 보면….

내부자의
소행일 확률이
높다는 거지.

흘깃

급한 일이 생겨서
함께 못 왔거든.
미안하다고
전해 달랬어.

괜찮아.
난 엄마만 있음 돼.
아저씨 필요 없어.

와

와

그러니까 잘한 거야. 까미가 못해서 꼴찌한 거 아니잖아? 그치?

울먹

울먹 울먹

그치만 일등한테 예쁜 강아지 인형 준댔단 말야~!

강아지 인형이 이것보다 더 커?

# 슈퍼대디 열 1

ⓒ 이상훈·진효미, 2015

초판 1쇄 인쇄일 2015년 3월 5일
초판 1쇄 발행일 2015년 3월 16일

글　　　이상훈
그림　　진효미

펴낸이　정은영
편집　　유석천 이지웅
디자인　(주)투유드림(고아라)
마케팅　이대호 최형연 한승훈 전연교
제작　　이재욱

펴낸곳　네오북스
출판등록　2013년 4월 19일 제2013-000123호
주소　　121-840 서울시 마포구 양화로6길 49
전화　　편집부 (02)324-2347, 경영지원부 (02)325-6047
팩스　　편집부 (02)324-2348, 경영지원부 (02)2648-1311
E-mail　neofiction@jamobook.com
독자카페　cafe.naver.com/jamoneofiction

ISBN　　979-11-5740-107-9 (04810)
　　　　979-11-5740-108-6 (set)

이 도서의 국립중앙도서관 출판예정도서목록(CIP)은 서지정보유통지원시스템 홈페이지
(http://seoji.nl.go.kr)와 국가자료공동목록시스템(http://www.nl.go.kr/kolisnet)에서
이용하실 수 있습니다.(CIP제어번호:CIP2015005138)

이 책에 실린 내용은 2011년 10월 18일부터 2011년 12월 13일까지 다음 웹툰을 통해 연재됐습니다.